KB119802

우리가 어떻게
우연일 수 있겠어

우리가 어떻게
우연일 수 있겠어

위즈덤하우스

'나 같은 너'를 오래도록 사랑하는 일에 대하여

도무지 나 스스로를 사랑할 수 없었던 시기가 있었다. '나는 대체 왜'라는 단어들로 시작하는 문장에 얽매여 내가 얼마나 인간관계에 있어 어설픈 사람인지, 얼마나 다른 이들을 갉아먹는 사람인지를 되뇌었다. 몇 번의 이별을 겪은 후, 꼬일 대로 꼬여버린 그즈음의 나는 누구에게도 사랑받지 못할 사람이 되어 있었다. 그 당시에는 정말이지 비참했다. 나를 비참하게 만든 원인을 나 자신에게서 찾으려 애썼다. 왜 이렇게밖에 살지 못했을까? 이 질문에 대해서는 백 가지, 천 가지 이유도 쉽게 댈 수 있을 것 같았다. 그중에서도 가장 나를 견딜 수 없게 했던 것은 내가 여전히 사랑받고 싶어 한다는 사실이었다.

지난한 시간을 거쳐 다행히 나는 어둠 속을 잘 빠져나왔다. 어떻게 그 긴 터널을 빠져나왔는지 명확히 설명하기 어렵다. 그냥 다시 사랑을 했다. 크게 기뻐하면서, 와중에 조금씩 몸을 사리면서, 이따금 불안에 떨면서. 그래서 이 책을 읽는 내내 안심이 되었다. 이 세상 어딘가에 나의 불안을 알아주는 이가 있다는 것에 위안을 받았다. 책 속에서 작가는 이렇게 말한다. "사랑이 오직 기쁘기만 했다면, 이토록 아름답지는 않았을 거야"라고. 맞다. 그렇다. 알고 있었다고 생각했는데, 사실 나는 아무것도 모르고 있었던 모양이다. 책을 읽어 내려가며 잘 숨겨두었던 지난날의 나를 다시 열어보았다. 누군가에게 들킬까봐 두려워 깊숙이 숨겨두기만 했던 나의 모습인데, 어쩐 일인지 이번에는 내 모습에서 큰 힘을 얻었다. 『우리가 어떻게 우연일 수 있겠어』가 아름다운 이유가 바로 여기에 있다.

『우리가 어떻게 우연일 수 있겠어』는 '나 같은 너'를 오래도록 사랑하는 일 외에, '나도 모르는 나'를 사랑하는 방법에 대해 조언하고 있다. 또한 사랑을 시작하는 이들의 두근거림뿐만 아니라 불안과 망설임에 대해 그려내고 있어 더 아름다운 책이다. 무엇보다 마음에 드는 구절이 많아 문장에서 문장으로 슥 건너가기 어려운 책이기도 하다.

이 책은 작가의 이야기이자 나의 이야기이다. 나아가 책을 읽는 이들 모두의 이야기가 될 것이다. 사랑 앞에 망설이는 이들에게 추천하고 싶다. 작가의 말처럼, 만나질 사람은 언제고 만나게 되리라는 그 속수무책의 마법을 나 역시 믿는다. '나 같은 너'에게, '나도 모르는 나'를 소개하는 일은 언제나 고된 일이 될 것이다. 하지만 이것만은 분명하다. 우리는 다시 사랑할 수 있다.

퍼엉(『편안하고 사랑스럽고 그래』 저자)

2부

우리는 한 걸음 더 나아갈 수 있을까

3부

네 옆에서는 좀 더 나은 내가 되고 싶어

•4부•

이렇게 함께 나이 들자

•에필로그•

•프롤로그•

너를 만나기 전에 나는

홀로 설 수 있는 사람이 되고 싶었어.

남에게 기대지 않고도
행복할 수 있는 사람,

번번이 확인받지 않아도

자신이 사랑받을 가치가 있음을
아는 사람.

나는 그런 사람이 되고 싶었어.

혼자서도 잘 지낼 수 있어야

상대에게
너무 많은 짐을 지우지 않고

자신을 갉아먹지도 않으면서

건강한 관계를 맺을 수 있다고
생각했거든.

정말 지키고 싶은 사랑에 빠지기 전,

그러니까 너를 만나기 전에.

•1부•

우리가 어떻게
우연일 수 있겠어

우리는 가져본 적 없는 걸 바라곤 해.

대학생이 뭔지 모르면서 합격을 바라고

직장인의 삶이 어떤건지 모르면서
취직을 준비해.

나는 운명 같은 사랑이 뭔지 모르면서
그걸 그토록 바랐어.

'너' 하면 내가 떠오르고
'나' 하면 네가 떠오르는 관계.

어딘가 있지 않을까?
나를 이해해주는 딱 한 사람.

세상에서 서로를 가장 잘 알고

알면 알수록 더 궁금해지는 관계.

그 어느 날 어떤 길목에서
내가 너를 마주치면

만나본 적 없는 널, 나는 알아볼 수 있을까?

그저 스쳐 지나가지 않고
우리는 서로를 알아볼 수 있을까?

나는 운명을 믿어.

모든 게 이미 정해져 있다는 건 아니야.

단지 중요한 사건은 언제나
마치 거스를 수 없는 운명처럼
목요일 어떠세요?
그럼 그때 뵈어요!
강남역이요?
네! 좋아요~
어디세요?
다 와가요!
이따뵈어요:)
속수무책으로 일어난다고 믿을 뿐이야.

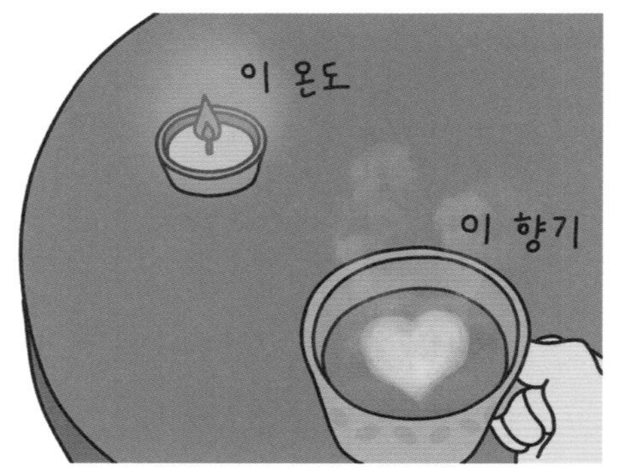

이 모든 게 어떻게 우연일 수 있겠어.

어떻게 운명이 아닐 수 있겠어.

첫 느낌은 거짓말을 하지 않아

누구를 처음 좋아하는 것도,
연애를 처음하는 것도 아니야.

그때도 떨렸고, 즐거웠고, 아팠고,
사랑이라 생각했어.

그리고 그건 분명 사랑이었을거야.

하지만 이건
틀림없이 달라.

한 마디 한 마디 나눌수록,
한 순간 한 순간 지날수록

지금까지 내가 좋아했던,
나를 좋아한다고 했던 사람들과

왜 끝내 이루어지지 못했는지
비로소 설명이 되는 것 같아.

찰나에 드는 이 느낌은 틀림이 없어.

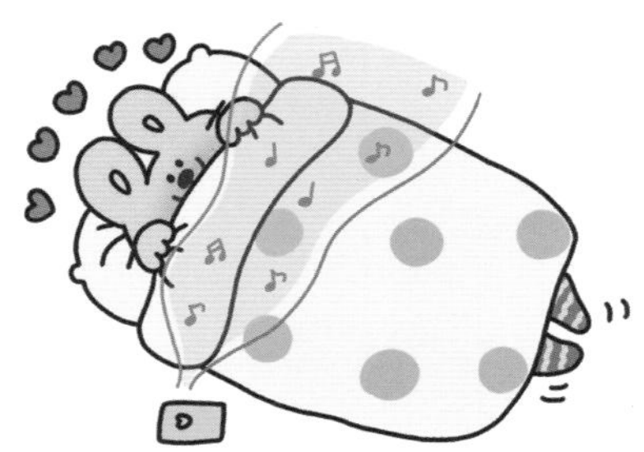

각자의 세상에서 살아온 시간.

너의 경험 나의 생각

각자의 습관 그리고 취향

'또 다른 나'란 건 없다는 걸 알면서도

나는 자꾸 너에게서 나를 찾아.

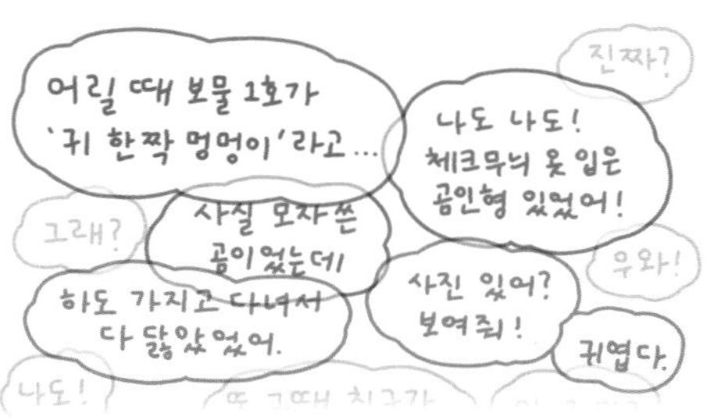

지금 우리에게 중요한 건
비슷한 추억 몇 조각을 품고 있다는 사실,

취미 몇 개, 좋아하는 음식 몇 개가
겹친다는 사실이야.

우리가 찾은 몇 가지 닮은 구석만으로

너는 세상 가장 중요한 사람이
될 수도 있을 것 같아.

벽은 이렇게 쉽게 허물어지곤 해.

나는 인간관계가 쉬웠던 적이 없었어.

진짜라고 믿었던 관계가
실패로 돌아갈 때마다

상대방을 탓했고,
세상이 무섭다고 말했어.

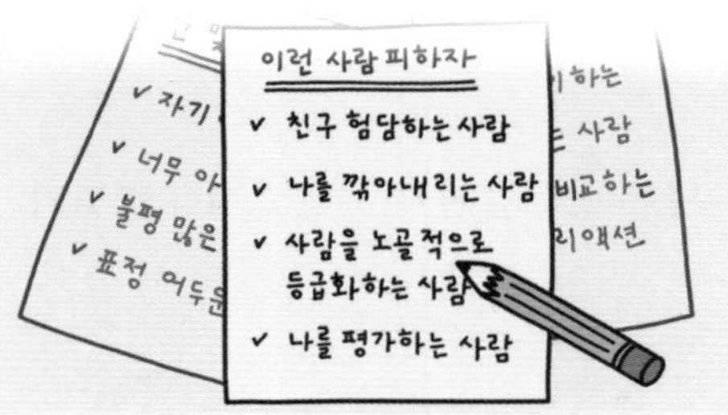

하지만 진짜 무서웠던 건
문제가 나한테 있는 게 아닐까 하는 의심.

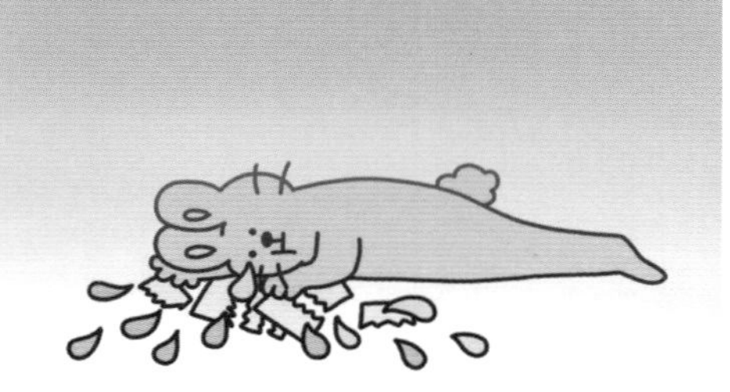

관계가 진전되는 게 두려워.

소중했던 관계가 무색해지는 게
얼마나 순식간인지,

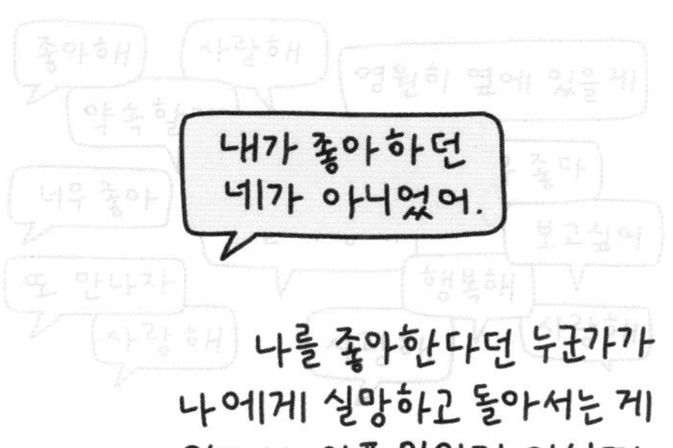

나를 좋아한다던 누군가가
나에게 실망하고 돌아서는 게
얼마나 아픈 일인지 아니까.

우리는 서로를 몰라.

앞으로 서로에게 어떤 기쁨을 줄지,
또 어떤 상처를 남길지 알 수 없어.

그래도 용감하게 한 발 내디뎌볼게.

실패로 돌아갈지도 모르지만

눈 꼭 감고 한번 해보자고.

우리 만나볼래?

그래.

공기마저 다른 세상이야

눈이 일찍 떠진 오늘,

침대도, 방도, 나도 그대로야.

하지만
오늘의 세상은 어제와는 완전히 달라.

어제와 한 치 다를 것 없는 것처럼
태연하게 행동하려 해.

너무 서두르지도
너무 기대하지도 않으면서.

급하면 넘어지고
기대하면 실망하는 법이니까.

엇...?!

그렇지만 너무너무 행복해.

누군가를 만나는 건

그 사람의 과거와 현재, 미래까지도
모두 받아들이기로 하는 거래.

나는 네가 궁금해.
현재도, 과거도, 미래도.

수도 없이 질문을 던져.

때로는 답이 없는 질문이 생기기도 해.

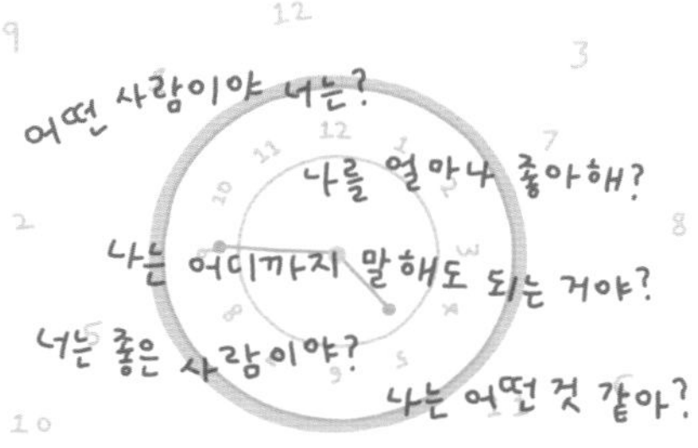

이 무수한 질문과 답변들로

우리는 서로를 더 잘 이해한다고 생각해.

나를 궁금해하는 사람이,
자신을 보여주고 싶어하는 사람이
존재한다는 사실에 감동하지.

잊혀가던 작은 기억 조각까지
하나하나 꺼내서 보여줄게.

알고 싶은 것도 알려주고 싶은 것도 많아.

우리에게는 하루하루가 너무 짧아.

10
5
7
1
2
3
8
12
4
9
1
6
조금씩 쌓여가는 시간 속에서

우리는 서로가
운명의 상대임이 분명하다며 기뻐해.

그럴수록 두려워져.

나는 사실 이만큼
무결하지도 아름답지도 않아.

나의
그림자
아픈 기억
상처와
못난 감정들
극복하지
못한
피해의식
내 모든 어두운 조각을
계속 숨겨야 할까? 그럴 수 있을까?

너는 이런 내 모습을 알고도
나를 계속 사랑할까?

토끼야!

조금만 더, 며칠만 더.

나는 우리 사이에
단단한 벽을 세워 올리기 시작했어.

사랑은 호르몬을 넘어설 수 있을까?

모든 감정이 선명하고 강렬했다. 알람 없이도 눈이 떠졌고 향수 없이도 어디선가 달콤한 향이 났다. 내 안에 무언가가 무럭무럭 자라나는 게 느껴졌다. 자라다 자라다 머리끝까지 빼곡히 채우고 흘러넘쳤다. 그렇게 모든 것이 생생할 때마다 겁이 났다. 손에 쥘 듯 분명하던 모든 것은 머지않아 희미해지고, 언젠가는 익숙함 속에 파묻힐 거란 걸 잘 알고 있었기 때문이다.

길어야 2년. 연인들 사이에 서로를 향한 매력과 열정을 불러일으키는 호르몬이 지속되는 시간이라고 한다. 첫눈에 '나는 곧 이 사람을 좋아하겠구나.' 느낀 것, 사소한 단어 하나 행동 하나에 의미와 애정을 부여하는 것, 이 사람이 내 인생에 등장한 것이 너무나 감사해서 어떤 것도 용서할 수 있을 것 같은 마음이 드는 것. 순식간에 그런 마음이 들게 한 호르몬은 하지만 결국 끝이 난다. 한바탕 뜨거운 호르몬이 휩쓸고 간 뒤 나와 그의 마음에는, 우리 사이에는 무엇이 남을까.

사랑의 감정은 이 호르몬을 넘어설 수 있을까. 2년 이상 갈 수 있는 걸까.

한정된 호르몬의 시간을 지연하기 위해 내가 자주 했던 방식은 상대방에게 짐을 지우는 것이었다. 사랑한다면 증명해보라고, 마음의 크기를 보여달라고. 상대가 떠먹여주는 사랑을 확인하는 것으로 밀려드는 불안을 외면했다. 하지만 그렇게 간편하게 맺었던 관계가 어떻게 끝나는지는 뻔하다. 더는 증명할 힘도 마음도 남아있지 않은 상대방이 내게서 돌아서는 날이 온다. 그날이 온 뒤에야 이미 늦었다는 걸 깨닫는다. 서로의 관계를 상대의 노력에만 내맡긴 사람은 스스로 어떤 노력을 기울여야 했는지 알지 못한다.

나는 상대방을 탓했지만, 실상 부족한 건 나라는 걸 마음속 깊은 곳에서는 매 순간 느끼고 있었다. 그 부족함을 채울 자신이 없었던 나는

내가 사랑받을 만한 사람이란 걸 확인시켜달라고 나 아닌 타인을 향해 떼를 썼다. 그럴수록 스스로 좋은 사람이 아니라는 증거들만 늘어났다. 실패하고 망치고 상처를 준 경험은 고스란히 돌아왔다. 연애나 관계뿐만 아니라 나 스스로에게도 자신감을 많이 잃었다.

하지만 운명의 여신은 나를 가만두지 않았다. 가장 자신 없던 그 순간에 정말 잃고 싶지 않은 사람을 보내주며 부추겼다.

그에게 '이 사람이다!'라는 확신이 들수록 조바심이 났다. 너무 일찍 찾아온 행운인 것처럼 느껴졌다. 사랑을 질투나 집착이 아닌 것으로 표현하는 방법도, 상대방을 들들 볶지 않으면서 내 안의 불안을 잠재우는 방법도, 갈등을 현명하게 풀어가는 방법도 나는 잘 모르는데. 망치고 싶지 않은 행복이 큰 만큼, 나 자신이 좀 더 채워진 후에 만났더라면 어땠을까 하는 아쉬움 역시 컸다. 하지만 타이밍도 인연의 일부다. 내 주어진 상황 안에서 어떻게든 잘해보는 수밖에 없다.

관계를 오래도록 지속할 수 있는 현명하고도 성숙한 사람이 되고 싶었다. 그게 안 된다면 재미있는 사람이라도 되고 싶었다. 재미있다면 더는 설레거나 짜릿하지 않은 순간이 와도 함께 지내고 싶을 테니까. 이도 저도 아니었던 나는 '상대가 내 옆에 남고 싶어 하는 이유'를 빨리 만들어야 했다. 적어도 호르몬의 효과가 끝나기 전까지는.

이미 오랜 기간에 걸쳐 형성된 나를 단숨에 뜯어고칠 수는 없다. 내가 가진 결핍과 미숙함은 계속해서 관계에 영향을 미친다. 부족한 사람은 최선의 행동마저도 부족할 때가 많지만, 그래도 할 수 있는 노력을 다하려 한다. 특히 내 안의 문제만큼은 내 선에서 해결해보기로 한다. 상대방에게 서운할 때, 무언가를 요구하거나 물어보고 싶을 때 그게 정말로 둘 사이의 문제인지 아니면 내가 안고 온 문제일 뿐인지를 미

리 따져본다. 사랑은 서로의 짐을 나누어 드는 것이겠지만, 좋은 사람이라면 적어도 자기 짐을 상대에게 떠넘기지는 않을 것이다.

우리 연애의 시작에는 "너를 위해 내가 꼭 더 나은 사람이 되겠다."라는 숱한 다짐이 깃들어 있다. 그로부터 시간이 제법 흘렀는데도 여전히 갈 길이 먼 것 같아 부끄럽고 미안하다. 하지만 사랑을 주고받고 서로의 짐을 함께 들었다가 내려놨다가 하면서 나는 분명히 몇 년 전보다 나은 사람이 되었다. 마음속에 가지고 있던 많은 고질적인 상처들이 아물어간다. 되돌아보니 이 과정과 노력은 다른 누구보다도 나를 위한 일이었다.

2년은 훌쩍 지나갔다. 나는 그 옆에, 그는 내 옆에 남기로 했다.

•2부•

우리는 한 걸음 더 나아갈 수 있을까

사랑을 의심하는 건 아니야.

자신 없는 순간이 가끔 찾아올 뿐이야.

너의 시선 끝에 있는 건

나일까? 내가 만든 나일까?
그도 아니면 네가 만든 나일까?

어두운 밤이 어김없이 찾아와.
누구나 혼자인 그 시간.

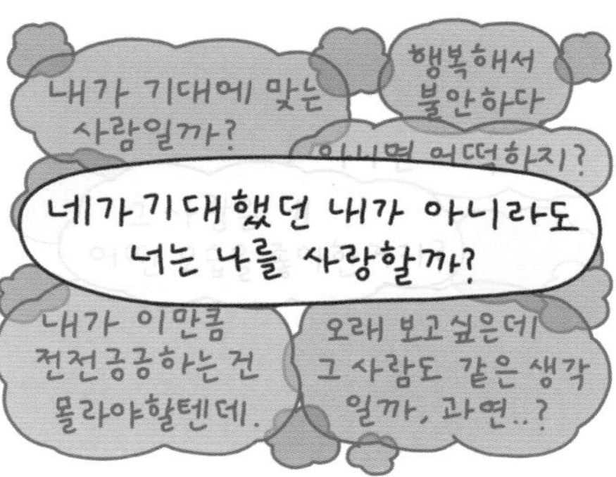

나를 잘 알고도
옆에 머물기로 결심하는 사람

딱 한 명만 있어도 무서울 게 없을 텐데.

우리는 서로에게
그런 사람이 되어줄 수 있을까?

'좋아한다'고 처음 느낀 순간이 있었어.

그때 내가 본 네 모습은 딱 이만큼.

고작 그만큼만 보고서

미처 알지못하는 너의 모든 모습을
기꺼이 좋아하겠다고 생각해.

지금껏 달리 지내온 우리는
매일 서로의 새로운 모습을 봐.

마치 복권을 긁듯
어떤 날은 기대보다도 더 좋고

알기 전으로 돌아가고 싶은
낯설고 힘든 날도 있어.

서로의 단점, 우리의 균열까지
품겠다는 다짐은

이해할 수 없는 순간 앞에 흔들려.

질문을 꺼내려다 삼키고
표정을 황급히 숨겨보지만

혼란스러운 감정은
때로는 속일 수가 없어.

혼자만 가지고 있는 이야기들이

우리를 짓눌러 점점 무거워져.

웃는 표정으로
좋은 이야기만 하는 날들이

우리를 완벽한 사이로
만들어주는 건 아닌가 봐.

어떤 문제는 피할 수 없고

어떤 문제는 피해서는 안 되고

어떤 문제는
우리를 외롭게 한다는 걸 깨달아.

더는 숨길 수가 없어.

우리 이제 좀 더 솔직해지자.

더 많이 나누고 싶어.
그런 뒤에도 내 편이 되어줘.

쭈글쭈글
흥
힝
그러고도 너를
사랑할 거야.
엥!
?!
어?
휴

근데 솔직하게 말하다가
우리 둘이 안 맞는 부분을
자꾸만 발견하면 어떡해?
멀 찍

사람이 변할 수
있다고 생각해?
음…
어떤 부분은
그렇겠지.
잠깐 참을 순 있어도
금방 돌아오고 말 거야.

사람은 변하지 않는대도

더 솔직할수록, 더 공유할수록
우리는 점점 서로를 가장 잘 아는,

세상에 하나뿐인
서로의 맞춤형이 되어갈 거야.

사랑이 오직 기쁘기만 했다면
이토록 아름답지는 않았을 거야.

너를 오래 곁에 두기 위한 최선은

10초마다 내 사랑을 전하는 것도 아니야.

그때도 옆에 있고 싶은 '좋은 사람'

세상에 대차게 치인 날

네가 찾는 첫 번째이자 마지막 사람

한 시간이고 두 시간이고
재미있게 얘기 나눌 수 있는 사람 -

그런 사람이 되어볼게.

시간이 지나면 너도 나도
우리 사이도 변하기 마련인데

어떤 모습일지 알 순 없지만
아무튼 나는 너와 함께이고 싶으니까

나는 너 못지않게
좋은 사람이 되어보려 해.

우리 무리하진 말자.
응? 그게 무슨 말이야?

우리가 가진 모든 힘과 사랑을
화르륵 태워버리지 않도록
만나자! 보자! 또 만나자! 하루에 세 번!

함께하는 게 어느 날엔가
버거워지지 않도록

힘에 겨워…

우리 오늘 무리하지 말자.

흠… 그러네.
지치면 곤란하지.

내일도 모레도 줄 자신 있는 걸 줄게.

오늘 준 건 내일도 모레도
변함없이 줄 거야.

함께한 시간이 쌓이고
우리가 공유한 추억이 늘어날수록

우리는 더 단단해질 거야.

사랑은 사람을 바꿀 수 있을까?

지금까지 맺어온 모든 인간관계에 진심이었지만, 그는 처음부터 특별했다. 연애라서 사랑이라서 특별한 것 이상이었다. "그랬던 우리 역시 똑같아졌다."는 슬픈 클리셰로 끝난다면 그 이후로는 사랑에 시큰둥해질지도 모르겠다고 생각했다. 그는 분명히 달랐다.

그와 시간을 보내면 보낼수록, 어째서 그동안의 인연들과 끝내 이어지지 못했는지를 정확히 알 수 있었다. 나는 그를 만나고 '잘 맞는 사람'이란 게 존재한다는 것, 그리고 좋아하는 마음만으로 잘 맞는 한 쌍이 되지는 않는다는 것을 깨달았다. 내가 좋아하던, 혹은 나를 좋아한다고 하던 사람 중에 그만큼 나와 죽이 잘 맞는 사람은 단연코 없었다. 그게 그를 그토록 특별하게 만들었다.

굳이 설명하지 않아도 서로 이해하는 부분이 많았다. 특히 연인 간 흔한 다툼의 요소가 될 만한 지점에서는 갈등의 여지가 거의 없을 만큼 닮아 있었다. 연락하고 만나는 빈도나 다른 사람들과의 교류 정도, 사생활의 범위 같은 것들을 존중하는 태도는 옳고 그름의 문제라기보다는, 상식의 영역에 가깝다. 서로 다른 잣대를 가지고 오면 정답도 끝도 없는 싸움이 된다. 다른 기준과 상식을 가지고 있는 사람에게 나의 상식을 하나하나 설명하는 것 그리고 머리로 이해하기도 힘든 걸 마음으로 받아들이는 것은 어려운 일이다.

그렇게 까다롭고 예민한 과정을 건너뛸 수 있을 만큼 우리는 커다란 공감대가 이미 형성되어 있었다. 영혼의 단짝을 찾은 기분이었다. 이해시키지 않아도 나를 이해하는 사람이라니! 나는 우리가 얼마나 닮았는지, 얼마나 잘 맞는지를 확인하는 것에 푹 빠져있었다.

하지만 그를 '특별한 단 한 사람'으로 만들면 만들수록 오히려 커지는 문제도 있었다. 비교적 사소한 충돌도 우리의 '영혼의 단짝', 그 중심을 흔들어대는 것처럼 느껴졌다. '서로 맞춰가는 것'이 얼마나 의미가 있는 일인지 의심이 들었다.

사랑은 힘이 세다. 그런데 살아온 습관이나 상식을 변화시킬 수 있을 정도로 사랑이 셀까? 맞지 않는 면이 보일 때 우리는 서로 얼마나 양보할 수 있을까? 서로에 대한 배려와 노력으로 일단은 어느 정도 물러설 수 있다고 하더라도 그런 노력이 얼마나 오래갈까? 내가 좋아하는 사람이 나를 위해 물러서는 게 내가 정말 바라는 일일까?

나는 이런 물음표들에 둘러싸여서, 우리가 연인으로서 이야기 나눠야 했던 크고 작은 문제를 외면했다. 문제가 될 것 같으면 입을 다물어버리는 나를 두고 답답해하던 그가 언젠가 이렇게 말했다.

"오래도록 함께 시간을 보냈는데도 서로에 대해 잘 모른다면 그건 더 슬플 것 같다."

그때부터는 깊은 이야기를 피하지 않고 더듬거리면서도 꺼내는 노력을 했다. 그러다 서로 다른 부분을 찾기도 했고, 어떤 부분은 조율과 노력이 필요하다는 걸 알게 되기도 했다. 하지만 많은 경우, 각자의 감정을 입 밖으로 꺼내고 이야기 나누는 시간을 가졌다는 것만으로 큰 위로가 되었다. 중요한 건 언제나 서로 이야기를 들을 준비가 되어 있고, 그 순간 서로에게 진심으로 귀를 기울이고 있다는 사실을 확인하는 것이었기 때문이다.

여전히 사람의 본질적인 부분은 변할 수 없다고 생각한다. 그리고 사랑하는 사람의 본질적인 부분이 변하기를 바라는 건 지나친 욕심이 아닐까 싶다. 만약 각자 포기할 수 없는 영역이 있다면 그 영역에서만

큼은 처음부터 잘 맞는 사람을 만나야 피차 행복한 것 같다.

하지만 관계에서 가장 중요한 건 역시 대화다. 대화의 결과물은 '합의'일 수도 있지만, 꼭 그럴 필요는 없다. 어떤 경우에는 서로의 의견 차이를 그저 확인하는 것일 수도 있다. 그럼에도 대화하면서 서로가 서로에 대해 조금 더 알아가고 이해하고 공감대를 확장하는 것. 그게 관계의 전부인지도 모르겠다.

•3부•

네 옆에서는
좀 더 나은 내가 되고 싶어

나일 수도 있는
수많은 모습의 내가 있어.

사랑받기 좋은 모습만 남기고
나머지는 습관처럼 숨겨.

사실은 모난 나,

잔뜩
부풀린 나

꽁꽁 감춰온 나까지도 모두 나야.

숨겨둔 모습을 드러내려면
용기가 필요하지만

네 옆에서만큼은 안전하다고 느껴.

나는 나도 모르는 사이에 스르륵

나조차 몰랐던
가장 나다운 모습이 되곤 해.

너의 다정한 사랑에

더 괜찮은 내가 되겠다고 다짐해.

네 옆의 내 모습이 퍽 마음에 들어.

더 오래 이곳에 머물래.

신은 감정 기복 심한 내 옆에

너를 데려다놓았어.

작은 것에
들뜨는 나.
곰한테 주는
첫 선물!
신난다!
깜짝 선물! 깜짝 놀라겠지?

어..?
고마워...
감정선이 차분하고
표현에 서툰 너.

뭐지, 저 반응?
마음에 안 드나?...
내가 뭐
실수했나?
또 사소한 것에
슬퍼하는 나.

같은 장면에도
너무나 다른 온도로 존재하던 우린

점점 서로에게 스며들어.

굳어있던 너는
표현에 자연스러워지고

감정이 널뛰던 나는
가져본 적 없는 안정을 찾았어.

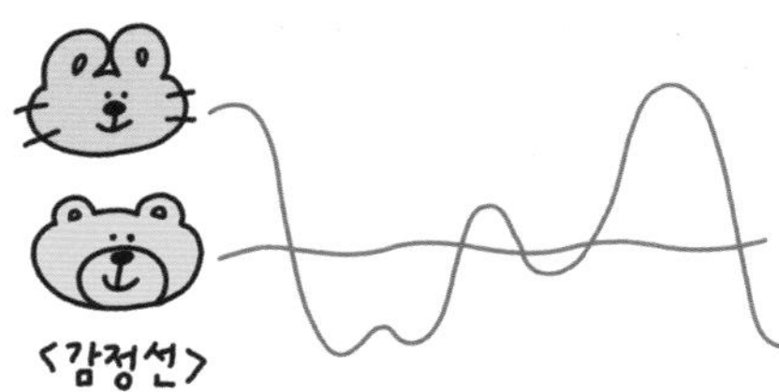

언제든 돌아갈
'중심'이 생긴 덕이야.

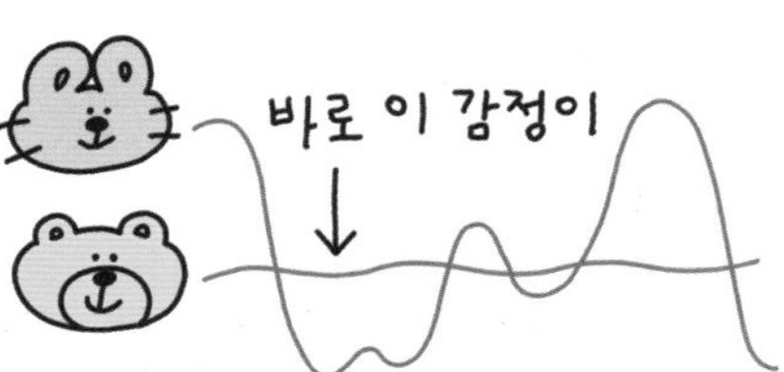

내가 결국 번번이
돌아갈 중심이란 걸 알아.

너와 내가 '우리'가 되는 과정은

벽찰만큼 든든하겠지만

달콤하지만은 않을지도 몰라.

내가 너에게, 네가 나에게
맞춰야 하는 일이 생길 테지.

'나' 앞에
'너'를 둬야 하는 순간도 있을 거야.

그렇지만 한순간이라도
네가 아닌 것이 되려 하진 말아 줘.

독립적인 너와 내가 없다면
안정적인 관계도 있을 수 없어.

'우리' 안에서
너도 나도 잃지 말자.

그런 선에서
우리가 만들어낸

단단한 안정감을 기반으로

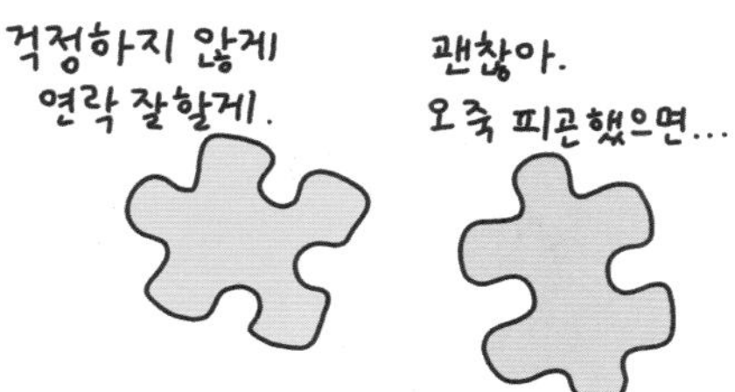

너와 내가 가장 자유롭게
날갯짓을 할 수 있기를 바라.

네가 너여도 된다는
용기를 주는 존재.

그게 바로 '우리'
그리고 나이기를 바라.

사랑의 본질은 '주는 것'이야

어딜 가도 칭찬받는, 사랑받는 아이.

그건 나의 유일한 정체성이자
내가 살아남는 방법이었어.

나는 사랑을 가졌다고 생각했어.

내 사랑의 대상은 자판기 같은 것.

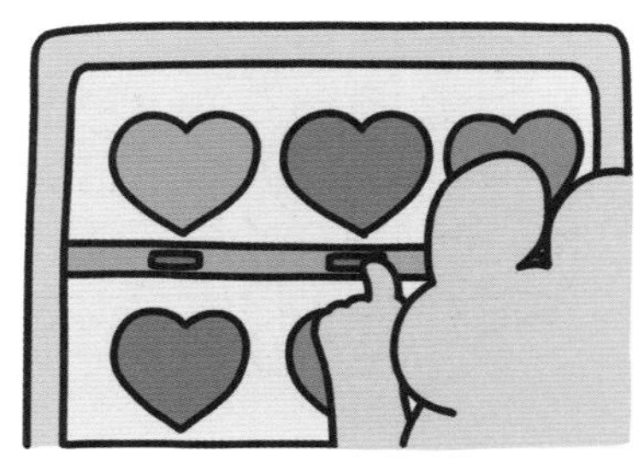

언제든 버튼을 누르면

필요한 사랑과 관심을 주는 존재.

하지만 '받는 사랑'에는

끝이 있다는 걸 깨달아.

아무리 받아도 늘 모자랐다.

사랑은 능동적인 것이고
'주는 것'이야말로 의미가 있단 걸

나는 오랫동안 배우지 못했어.

사랑받으려고 아등바등하기보다는

아무 대가가 돌아오지 않는대도

온 마음으로 사랑을 줄 수 있는 사람.

난 그런 사람이 되어보려 해.

네 옆에서.

네가 받고 싶은 사랑을 줄게

사람마다
사랑의 언어가
다르대.
그게 무슨
말이야?

어떤 사람은
상대방에게
인정받았을 때,
최고다!
잘했어.
굿!
역시!

어떤 사람은
선물을 받았을 때,
생각나서 샀어!
자!
여기!

또 어떤 사람은
상대가 자기 대신
일을 처리해줄 때
사랑을 느낀대.
내가 다
해줄게!!!
걱정 마!
스킨십이
중요한 언어인
사람도 있고,
HUG ME
함께 보내는 시간을
중요한 사랑의 신호로
느끼는 사람도 있대.
그래?

내 사랑의 모양이

유일한 사랑의 모습은 아니란 걸
이해해.

기다려봐!

내 언어, 내 방식만
고집하지 않을 거야.

너에게는

너의 언어로 사랑을 얘기할게.

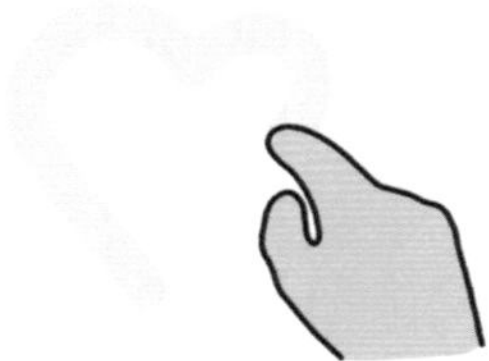

이렇게 명쾌한 적이 있었을까?

우리는 별일 아닌 걸로 웃고

때로는 밤새 진지한 얘기를 나눠.

그런 사소하고도 드문 순간들에
나는 확신을 쌓아가.

자주 마음이 충만해지거든.

많은 사람들의 사랑을 받으려

분투했던 시간이 떠올라.

그리고

내 행복에는

많은 사람들이 필요하지
않다는 걸 깨달아.

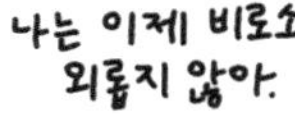

내게 허락된 제한된 시간과 체력을
낭비하지 않기로 했어.

알고 지내는 수많은 이름들이 아닌

소중하고 의미 있는 이름들과
좁고 깊은 관계를 맺고 싶어.

그리고 가장 중요한 건
역시 너야.

의지는 사랑의 다른 이름이야

우리는 지금 걱정 없이 마냥 즐겁지만

우리 각자 삶에, 그리고 우리 관계에
좋은 일만 있진 않을 거야.

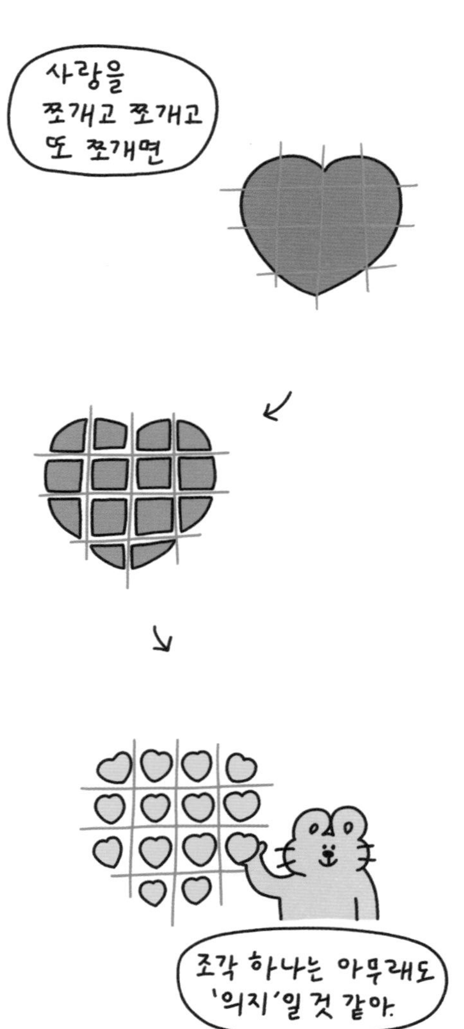
사랑을
쪼개고 쪼개고
또 쪼개면
조각 하나는 아무래도
'의지'일 것 같아.

우리 사랑에 늘 의지가 있으면 좋겠어.

오늘처럼 즐거운 날뿐만 아니라
슬프고 힘겨운 날에도.

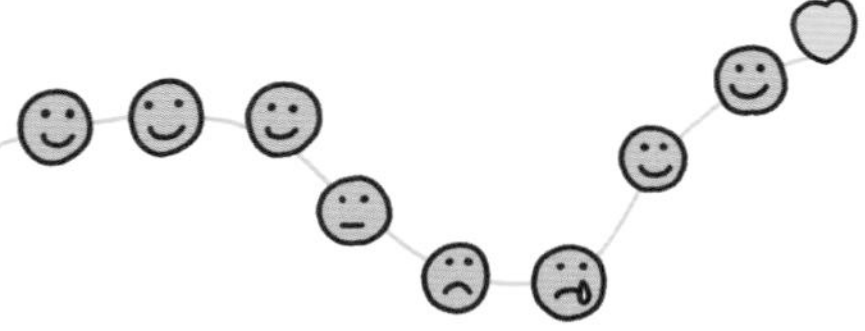

눈물과 한숨, 권태까지도
사랑으로 엮을 수 있는 건

결국 의지일 테니까.

우리는 꽉 찬 하트를 만들 수 있을까?

인생사 마음처럼 풀리는 게 얼마나 있는지 모르지만 인간관계의 영역은 유난히 안개 속이다. 기대한 대로, 노력한 만큼 되지 않을 때가 많다. 그뿐인가. 현재 관계가 어떤 상태인지 가늠하는 것조차 종종 실패로 돌아간다. 어제까지 웃어주던 사람이 돌연 떠나갈 때 내가 할 수 있는 건 떠나가는 뒷모습을 멍하게 바라보는 일뿐이다.

'나는 우리가 아무 문제 없는 줄 알았어.'

인간관계에 자신 없는 이유가 하나 더 늘어나는 순간이다.

어렸을 때부터 만났던 친구들 얼굴을 떠올려본다. 인연을 계속 유지하고 있는 사람보다 그렇지 않게 된 사람이 훨씬 많다. 관계에 실패가 있다면, 끝나버린 관계를 실패로 센다면 실패가 성공보다 많은 셈이다. 적당히 지내도 그만인 친구 관계에서도 실패투성이인데 그보다 깊은 관계를 과연 잘 맺을 수 있을까. 연애나 사랑이 가당키나 한 걸까. 아무리 따져봐도 실패로 끝날 확률이 더 높다.

자주 불안하다. 아마 인간관계는 내 평생의 숙제일 것이다. 또다시 망쳐버리고 말 것 같을 때, 행복이 내 것 같지 않을 때, 불안이 자라고 자라 관계를 잡아먹을 것 같을 때 성경처럼 꺼내 보는 문장이 있다. 자신 없다는 나한테 애인이 7년쯤 전에 해줬던 이야기다.

"인간관계는 혼자 하는 게 아냐. 네가 아무리 100%의 노력을 한들 상대가 자기 몫을 다하지 않는다면 어차피 반쪽짜리 관계밖에 될 수가

없어. 절반은 상대 몫이야."

그날 나는 인간관계에 대해 짊어지고 있던 마음의 짐을 절반쯤 내려놓았다.

내가 했던 실수. 내가 한 잘못. 그때 내가 그러지 않았더라면. 내가 망친 관계…….

나를 위축시킨 것은 다른 누구도 아닌 나 자신이 만들어낸 수많은 '내가'들이었다. 관계는 틀림없이 공동의 과제인데, 나만의 미션인 양 여긴 채 공도 과도 스스로에게서 찾았다. 함께 이뤄나가야 하는 '관계'를 내가 성공시키거나 실패시킬 수 있다고 믿는 것 자체가 오만이었는지도 모른다. 내가 할 수 있는 건 애인 말마따나 절반밖에 없는데.

인연이 수명을 다하는 것을 누구의 탓으로 돌릴 수는 없다. 설혹 내 뜻대로 온전하고 아름다운 하트가 만들어지지 않았다고 해도 그 역시 '우리'가 만들어낸 모습이다. 그건 애당초 내 힘으로 어쩔 수 없었던 일이었는지도 모른다. 책임은 당사자 둘에게 절반씩 주어진다.

여전히 불안한 순간이 찾아온다. 그럴 때면 나는 하트 반쪽을 떠올린다. 오직 나한테 달린 반쪽. 관계에서 내가 할 수 있는 전부는 그 반쪽을 가득 채우는 것이다. '적어도 지금 할 수 있는 건 모두 했다.'는 생각에 이르도록 최선의 행동을 한다. 후회할지 모를 일을 남기지 않았다는 확신은 불안함을 사라지게 하지는 못할지라도 분명한 마음의 위로가 된다.

나머지 반쪽은 전적으로 상대방에게 달렸다. 보채거나 닦달해서 상대의 반쪽도 채울 수 있다고 생각한다면 그건 착각이다. 일시적인 만족

이나 안심을 얻을 수 있을지언정, 나머지 반쪽을 채울 수 있는 건 오로지 상대방의 자발적인 의지뿐이다. 남은 반쪽은 상대방에 대한 믿음의 영역으로 남겨두기로 한다. 나로서는 영원히 알 수 없는 미지의 반쪽일 것이다.

다짐한다.
우리 관계에서 나는 내 몫을 빼곡히 하겠다고.

그리고 믿는다.
그도 그의 반쪽을 채우고 있으리라고.

•4부•

이렇게 함께 나이 들자

어떤 관계에서 나는

즐거울 때만큼은 최고로 즐거우니까

이따금씩 괴로운 건
넘어가야 하는 게 아닐까 고민했어.

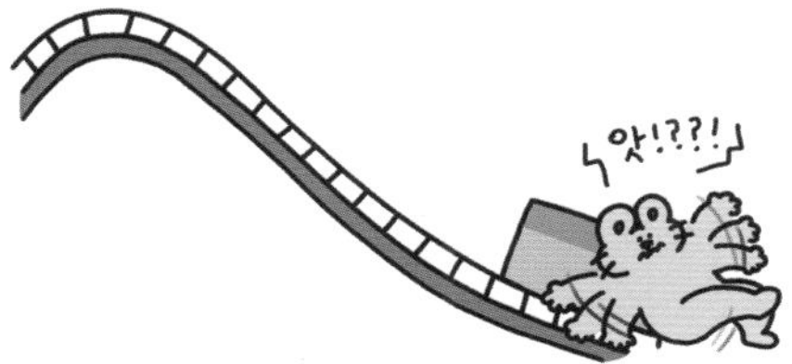

아플 땐 아프더라도
즐거울 때도 많으니까.

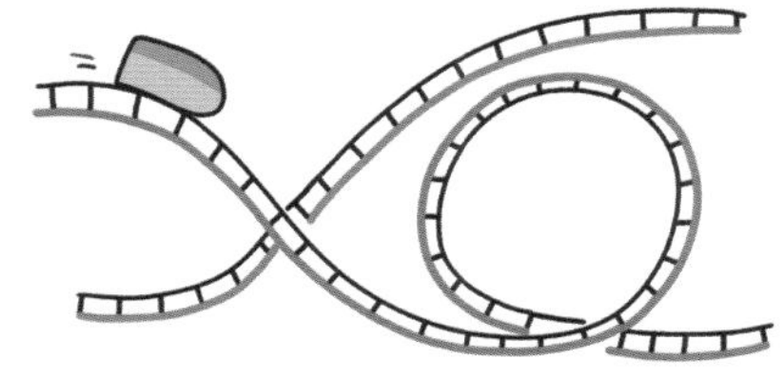

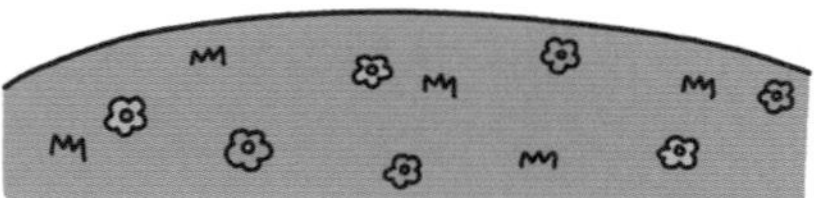

너를 만난 지금에서야 알 것 같아.

내가 내내 은은한 관계를
바라왔다는 것을.

화끈하게 재미있거나
짜릿하지 않아도 되니까

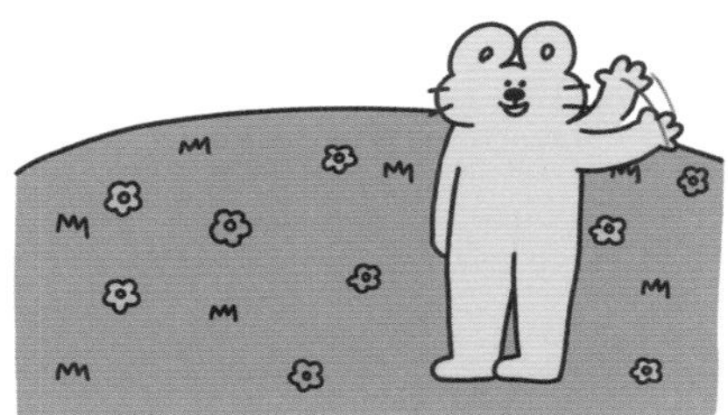

나는 내 모습 그대로
너는 네 모습 그대로 있어도

편안했으면 좋겠어.

서로를 찌르는 부분 없이
거슬리는 부분 없이

오래 입어서 몸에 맞게
늘어난 옷처럼

꾸밈 없이 편안했으면 좋겠어.

오래오래 은은하게 함께하고 싶어.

누군가에게 지나치게 기대는 게

얼마나 위험한 일인지 알아.

그래서 늘 되뇌었어.

관계가 시작될 때,
누군가 내 인생에 더 깊이 들어올 때

나는 경계했어.

누구 없이 혼자서 잘 살고 싶지만

결국에 나를 살게 하는 건

내 사람들이야.

기대지 않으려고 아무리 노력한들
틀림없는 든든한 버팀목인걸.

그리고 이건 너무 달콤해.

나한테 네가 필요한 이유는
수도 없이 많아.

매일 아침
누구한테 기상 신고 할 것이며

고민은 누구와 나눌 것이며

하루 끝에는 또 누구에게
미주알고주알 내 하루를 들려주겠어.

수많은 이유를 들 수 있지만

그중 최고는

너와 함께일 때면

매 순간 증명받는 기분이 든다는 거야.

누군가한테는 내가
정말 쓸모 있는 사람이란 걸.

늘 그런 존재로 남아줘.

조금씩 조금씩 전부

어떤 사건이
인생을 순식간에 바꿔 놓거나

갑자기 누군가가 나타나서

나를 구원해주리라 생각하지 않아.

그간 쌓아온 것도
지내온 맥락도 있는데

어떻게 그런 일이 벌어지겠어.

실제로 그랬어.

너로 인해 내 일상은
아주 조금 변했을 뿐이야.

조금씩

조금씩

조금씩

그렇게 나의 세상이 전부 변했어.

나는 지금껏 그랬듯 나일 뿐이야.

그런데 이렇게 사랑을 주다니?

어쩔 줄 모르도록 고마웠던

네 관심과 사랑이

점점 내 일부가 된거야.

하지만 당연한 게 아니란 걸 알아.

줄곧 내것처럼 느껴지던 너를

사실은

한 번도 가진 적 없다는 걸 알아.

사람이, 마음이 어떻게
누군가의 소유가 되겠어.

이 귀한 마음이 내게 머무는 동안

소중히 다룰게.

오래오래 머무를 수 있도록.

좋아하는 사람을 만난다는 게

매순간 즐겁다는 걸
의미하진 않아.

우리가 지나온 길에는

눈물도 다툼도 묻어 있어.

또 앞으로 서로에게

어떤 상처를 남길지 알 수 없어.

하지만 이 모든 과정을 알고
다시 선택할 수 있대도

나는 우리가 처음 만난
그때 그 자리에

열 번이고 스무 번이고
다시 찾아갈 거야.

그리고 다시 사랑에 빠지겠지.

그 스무 번째에도

처음 사랑에 빠진 날과
똑같이 두근거리고 똑같이 감동하고

똑같이 하늘에 감사할 거야.

이건 내 행복인데,
원하는 만큼 가져가도 좋아!

잠시만.
응.

...
?

???

자!
영차

이렇게 우리 함께 나이 들자.

설렘이 사라진 사랑은 어떤 모습일까?

애인은 처음부터 오래 보고 싶은 사람이었다. 그렇다고 스물한 살 겨울 어느 날을 시작으로 남은 20대 전부를 함께 보내게 되리라 예상했던 건 아니었다. 그와의 미래를 꿈꾸면서도, 먼 미래를 너무 자주 떠올리지는 않으려 애썼다. 시간 앞에서는 어떤 말도 감정도 약속도 가벼울 뿐이고, 미래에 일어날지도 모르는 나와 내 주변의 갖가지 변화들은 현재를 무력하게 만들었기 때문이다.

그때 당시 제일 무서웠던 건 설렘이 사라진 우리의 모습이었다. 연애가 시작될 무렵, 내가 그의 곁에 있고 싶게끔 하는 가장 강력한 동력은 단연 '설렘'이었다. 아침에 눈을 뜨고 밤에 잠들 때까지 모든 순간이 꽉 찼다. 새로 알게 된 이야기들, 나누는 대화들, 함께하는 모든 처음들. 그 두근거림이 일상을 가득 메웠다. 어느 하루도 똑같지 않아서 나는 부쩍 부지런히 움직이고 느끼고 음미해야 했다.

그러나 설렘이야말로 시간이 흐르면 틀림없이 잦아들기 마련이라는 걸 잘 알고 있었다. 우리는 서로에게 익숙해질 것이다. 함께 맞이하는 '처음'도 새로이 알게 되는 그의 모습도 차츰 줄어들 것이다. 하루에 열 가지에서 하루에 다섯 가지로, 그리고 어쩌면 먼 미래에는 일주일이나 한 달에 한 가지가 될지도 모른다. 총량이 정해져 있는 연료를 소진해버리고 있는 걸지도 모른다는 생각에, 설렐 때면 동시에 겁이 났다. 설렘이 사라지고 나면 도대체 사랑은 어떤 모습이 될까. 설렘을 그리고 그를 오래 묶어두고 싶어서 시간이 더디게 흘러주기를 간절히 바랐다.

스물하나, 스물둘이었던 우리는 이제 나란히 스물아홉, 서른이다. 예상대로 우리는 서로에게 가장 익숙한 사람이 되었다. 가끔은 그가 나보다도 나를 더 잘 이해하는 것 같다고 느끼기도 한다. 그런데도 아직 서로에 대해서 새로 알아갈 것이 많고, 처음 함께 겪는 일들이 끊임없

이 생길 뿐 아니라 그런 일들이 우리를 계속해서 활기차고 설레게 만든다는 사실에 새삼스레 놀란다. 함께 맞이하는 아홉 번째 겨울, 여전히 어느 하루도 똑같지 않다.

시간이 흐르면서 나도 그도 우리 둘의 관계도 변한다. 처음 시작하는 사이일 때 나타나는 사랑의 모양이 있듯, 시간이 쌓였을 때만 가능한 사랑의 모습이 또 있다는 걸 깨달아간다. 나를 이만큼 잘 알면서도 나를 사랑하는, 내 곁에 머무는 사람이 세상에 존재한다는 것에 매일 조금씩 더 감격한다. 잘 보이고 싶어 노심초사하면서 거울을 열 번씩 보는 내가 아니라, 가장 자연스럽고 편안한 모습까지도 누군가에게 사랑받는다는 건 절대 사소한 일이 아니다.

생판 남이었던 우리가 자발적으로 서로를 선택해서 마음을 나누고 서로의 편이 되어준 이 수년의 경험은 사회적인 동물로서의 우리가 이

뤄낸 커다란 성취이다. 그 시간은 그 자체로도 벅차게 행복했지만, 내 일상 전체의 안정적인 기반이 되어주기도 했다. 무조건 응원해주는 내 편이 있다는 게 나에게는 이 불확실한 세상 속에서 가장 확실하다고 느끼는 '믿는 구석'이다.

그리고 오래도록 변하지 않는 것들도 있다. 하루도 거르지 않고 한두 시간씩 통화하던 대학생 우리는 이제 그럴만한 시간도 체력도 없는 사회초년생이지만, 나란히 앉아 대화를 나누는 데이트를 여전히 가장 좋아하고 그런 날에는 시간이 순식간에 흘러간다. 8년 전 그때 나를 설레게 했던 애인의 모습들은 지금도 나를 문득 들뜨게 한다. 취향은 참 한결같아서 한번 좋아한 것에는 백번도 빠질 수 있다.

애인은 여전히 오래 보고 싶은 사람이다. 그리고 우리는 여전히 사랑이다.

여전히 따뜻하고 든뜨고
제일 좋아.

에필로그

잘 그렸어!
너무 귀여워.
짝짝
짝
짝
짝
짝
짝짝

어? 진짜?
착!
쓱쓱
쓱쓱

너에게
털어놓기
시작한
내
이야기
토끼는 이런 생각을
하는구나!
이해받는
기분이야.
네맘을
더 잘 알 수
있었어.
우리가 만들어간 우리 이야기

언제나 내 옆에 앉아

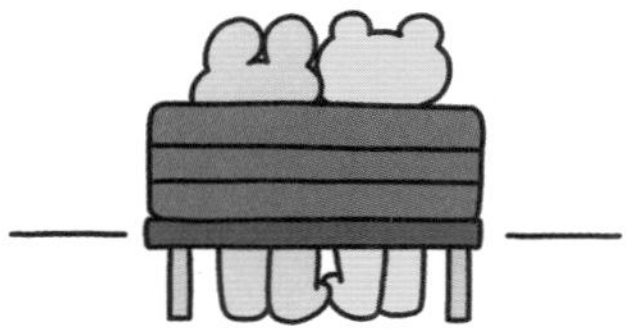

내 작은 목소리에도 귀 기울여준,

내 모든 이야기에

응원을 아끼지 않는 첫 독자가 되어준

네 덕분에

이 책이 탄생했어.

고마워.

함께한 모든 날들 빠짐 없이.

우리가 어떻게
우연일 수 있겠어

초판 1쇄 발행 2020년 12월 17일 **초판 8쇄 발행** 2024년 6월 10일

지은이 지수
펴낸이 최순영

웹툰본부 본부장 김형준

펴낸곳 ㈜위즈덤하우스 **출판등록** 2000년 5월 23일 제13-1071호
주소 서울특별시 마포구 양화로 19 합정오피스빌딩 17층
전화 02) 2179-5600 **홈페이지** www.wisdomhouse.co.kr

ISBN 979-11-91119-96-1 03810